中国诗人

卿 墨

—著—

LIU●
琉

LUN●
轮

LI●
璃

YUE●
月

YI●
一

ZHAN●
盏

XING●
星

北方联合出版传媒（集团）股份有限公司
春风文艺出版社
·沈 阳·

图书在版编目（CIP）数据

一轮月一盏星一琉璃 / 卿墨著. —沈阳：春风文
艺出版社，2019.5（2021.1重印）
（中国诗人）
ISBN 978 - 7 - 5313 - 5602 - 8

Ⅰ.①一… Ⅱ.①卿… Ⅲ.①诗集—中国—当代
Ⅳ.①I227

中国版本图书馆CIP数据核字（2019）第094093号

北方联合出版传媒（集团）股份有限公司
春风文艺出版社出版发行
http://www.chunfengwenyi.com
沈阳市和平区十一纬路25号　邮编：110003
永清县晔盛亚胶印有限公司印刷

责任编辑：韩 喆	责任校对：陈 杰
装帧设计：琥珀视觉	幅面尺寸：125mm × 195mm
印　张：6	字　数：110千字
版　次：2019年5月第1版	印　次：2021年1月第2次
书　号：ISBN 978-7-5313-5602-8	
定　价：26.00元	

总　序

中国是诗的国度。千百年来，人们沐浴在诗歌传统中，传诵着一代又一代诗人写就的经典之作。而伴随着现代社会和互联网的发展，信息的传播和接受更加便捷，诗歌的阅读与创作方式也在潜移默化中被改变，在信息量无限扩大的互联网世界，远离喧嚣、静赏诗意显得尤为珍贵。

中国诗歌网正是在这样的背景下应运而生。作为国家重点文化工程，中国诗歌网以建立"诗人家园，诗歌高地"为宗旨，迅速成为目前国内也是世界诗歌类互联网专业出版平台和中国诗坛最具权威性和影响力的文学阵地之一。

互联网时代诗歌创作的便捷激发了一大批诗歌爱好者与诗人的创作热情，他们在公交车上写诗，在工作间隙写诗，他们创作的诗歌作品贴近现实与生活，在追求好诗的道路上不断前进。春风文艺出版社有着久远的诗歌出版史,《朦胧诗选》和《汪国真诗词精选》曾一度畅销。近两年,春风文艺出版社一直致力于打造优质诗歌的品牌。本着推介中国当代诗人的原则,中国诗歌网与春风文艺出版社决定联合推荐出版"中国诗人"诗丛,共同打造"中国诗人"这一诗歌新品牌。该诗丛计划出版百部优秀诗集,在注重诗歌质量的同时,力求结合互联网与传统出版的优势,通过直观的文本呈现向读者介绍一批热爱诗歌、坚持诗歌创作的诗人,以期汇集中国当代诗歌优秀成果,展示当代诗人的创作实绩与创作风貌。

作为国家文化工程的中国诗歌网,推出"中国诗人"诗丛,也是在整个民族复兴的伟大进程中展示中国人崭新的精神风貌。因此,我们在百花齐放的诗坛,特别关注有家国情怀的厚重力作,提倡来自生活的独特发现,鼓励创新探索的艺术精品,推崇高雅纯真的诗情意趣。我们希望这套"中国诗人"丛书是体现诗坛正能量,能够引人向上、向善、向美的诗歌佳作。

我们满怀期待,我们也真诚希望广大诗人和诗歌爱好者关注这套诗丛,与诗同在,我们为此感到自豪和幸福。我们期待更多的诗人加入我们这套丛书,我们也期待这套丛书走进更多读者的心田!

叶延滨

2017 年中秋前夕于北京

序

墨是倾河的星盏

朝霞打翻了天的光，云的影，花的香

向夜空去借一轮月，一盏星，一琉璃

白昼将去，暮霭沉

——题记

卿卿吾墨，倾尽此生。邀我为友，何惜之有？故自名"卿墨"。

山长水阔，唯彩笺与尺素不离。挥毫尽倾，但泼墨纸间。故所为字字句句，称之"倾墨彩笺"。深居简出，深藏不露，却未能远离人烟。我们拥有诸多人的联系方式，拥有如此之多的表达方式，用"图文并茂"的描述方式向不同熟悉等级的朋友圈分享，置换自己或他人的生活。那么，仅是黑白字句联结的诗文便黯然失色吗？我爱一切美丽的事物，更爱文字所构筑的缤纷世界。无非偶得遐思，抓住片刻感动，与人分享和共鸣。

写作是我与你们邂逅的最佳姿态吧。若是写小说不够耐心，写论文不够创新，何不暂伴吟诗墨客，书中酬酢，宿醉一场？

朝霞，伴白昼而来。清晨，我透过薄纱的帘，看见晴空中躲在云里的星星眨眼。星辰与明月，看似属夜空所专享，实则是在清晨躲着等待夜晚。待白昼逝去，天光云影渐退，晚霞便到访，仿若朝霞不曾去。"一轮月一盏星一琉璃"——墨，是无瑕年岁里淅淅沥沥雨水划过的一轮月光，是如灯通明、流泻一湾倒影的星星一盏，是凌乱风中环佩玎珰的晶莹琉璃。弯月皎洁，如父母之爱普照大地；星光入夜，融入织锦般的爱情河流，如深爱之人投下的情真意切；流云璃彩，如与她们同行时倒映着摩天轮光华的青春时光。

简媜说"像每一滴酒回不了最初的葡萄，我回不了年少"。关于这段时期，更多的是书写在爱情沼泽中陷入、沉溺，又一点点拔出自我的过程。可以把它看作每个青春要经历的爱与被爱，亦可看作对于整个广袤生命而言饱满深切的情愫的力量，时而隐忍却有意想不到的充沛。

我用这些细碎却引人注目的情绪串联整个青春，把爱情当作一条河流。爱河织锦，星星入河，便让墨做这流淌着的光。

许久前，我以为河流是顺直河，丰沛磅礴气势汹涌地一直流下去，除非干涸枯竭。它的身畔流淌过诸多相似河流，而我的河流却是迟钝的、常陷入沟渠的，所以它莞尔礼貌地招呼每条邻流，偶尔与它们闲聊天空色差、阳光温度以及雨水润泽，却不曾注意邻流细微的流量变化，更不消说它们泥底涌起的串珠样水泡。那是年少尚不懂爱的我。后来，它开始有流量的变化和水泡的涌动，更安静、孤独地拘束在自己狭小的陆地上翻滚涌动。我的细流追随吟诗走过的他。他一开口，花俱放，于是每步皆是芬芳步调，美妙得如夜晚流淌着倒映光点的河。我聆听那起伏跳跃的音符，像旋律一闪一闪。此为《葵倾》——关于脉搏的跳动，爱情的开篇。

随后是《逦迤》——爱情河流的丰泽而伟岸，带着对一切美好的憧憬。我途中遇见因雨水拍打而颔首的粉红色花苞，活活蹙眉低首的含羞少女姿态。除了美丽，它一无所有；却因美丽，它绝无仅有。海角天涯，花千百万种，却有各自独特，姹紫嫣红，五彩斑斓。混杂起来的雨水和潮湿雾气造就它别样的妩媚纤柔。翌日，花便开放，被水浸透的花苞最先幻化成花瓣。等阳光回来，就像所有的阴霾不曾来过亦不肯留下丝毫痕迹一般，晴空依旧，花枝轻盈招摇空中。这畔氤氲嫣红的馨香，总能氤氲一股醺然欲醉的自然气息。我将举袂，用我的白衫子浸染此番复苏的景象，顺带得诗一首。

大雨终究打湿了屋檐，我们争吵着，在阳光来临前因为恐惧而彼此伤害。争辩和无休止的辩驳扰乱了我们的亲近，时不时揉搓你我的心，试图离间相爱的我们。我在滂沱大雨中哭泣，在冰天雪地中滚爬，在炙热的火焰上踟蹰，在繁盛的花朵前祈祷。可情感令人沉溺，不由自主深陷其中，此为《匏系》。骈俪文、绝句、互文、双关、赋比兴……我企图用尽一切方式宣泄自由与爱情，徒有字句铿锵有力，摄人心魄。我的涓涓细流遇过了沼泽与痴醉诱人的芦苇荡，亦遇过了河床激烈振荡的潮汐。直至最后，一切变成过去时，定格成一帧帧时光轴上的浮点，才发现自己俨然被分割成交织纤柔的辫状河，经历过曲流河的扭曲蜿蜒，亦抛弃过牛轭湖的悲伤往事。

以上是所有爱情都会经历的过程，却令人无法忘怀，便有诗句留下，记录这条河流的变迁——"墨是倾河的星盏"。在爱情这条河流之外，还有我对青春的眷恋，对亲情的珍惜，对友情的爱护，以及对生活的热爱。

是《安澜》——历经诸事后的平静。慢慢走，且去看。生活的精妙和瑰丽之处也正在人迹罕至、不受外界纷扰的这片缓慢卡带处。飞机飞得太快太高，则看不清陆地山松野草的美，只望见高空的苍茫绵延；汽车开得太快太急，则看不见阡陌交通曲径通幽，只注意到前方的红绿灯岔口。恰巧多雨多雾，只好放慢步伐，小心翼翼地前行。静下来却觉人心舒缓平和，能想见水滴凝落泻下如纤指轻撩琴弦之状。虽不在江南梅雨时节的村落，转换下视角拿捏品味，却能合眸想见那个丁香般结着怨愁的姑娘。人的想象潜力无穷，对美的事物具有通感。若是走得太慢、来得太迟，错过了下阕的晓风残月，犹当恰好遇见骤雨初歇。也许，所寻觅的无须心急如焚仓皇失措地往前追赶，而该轻挑慢捻珠玉落盘地原地等待。我的彩笺藏下文字，一点点沾染色彩，再一点点涂抹胭脂香味。愿做一个勤奋恳切的人，小心翼翼地誊写每个乍然相见不可再得的绝妙风景，以辅助我记忆每个惊喜的邂逅，诸如与花的相遇，与人的相逢。花且似人，人美胜花。

也正好《觅句》与《行吟》，自由地去爱这世间，去建一座诗歌的岛屿，贮存所有珍贵情感。我见过最温暖的时辰，像热带沙漠的沙砾摩挲手心。我亦是虔诚的收集者，收集落叶和泥土，堆砌瓦砾碎石。像风景打开的样子，像情绪匣子在释放喜怒哀乐，这些碎瓦般的心素在时光之茧中堆积繁衍，每个都是独立的玉石，总会成为一首饱含情感的诗歌，彩虹般绚烂或黑白般闭锁。这便是《碎瓦》，不如集聚成晶莹闪烁的玉石般的诗歌。最后是《滩坝》，献给烈日下、暴雨下、风雪下曾跋山涉水的地质岁月，仿佛屹立的风化岩石与饱经风霜的剖面上定格了我们的青春。《蓄泽而渔》，墨替我写下爱与珍贵。卿卿吾墨，使我如此炽烈沉潜其中的熠耀文墨，只愿将此生交付，倾尽此生。若她茕独凄惶，愿邀我为伴，同游人世共枕蔓草，又有什么足惜？

　　一页斑斓彩笺即被用尽，你耐心读完抑或走马观花浏览了一番。你我仍像是一组彼此独立又如此互不相关的变量，互不牵挂。那又如何？你本不必在意我的生活如何，我也无须通过文字改变你的世界。我单迷信着美，如你在寻找美。我们彼此唯一需要达成一致的，不过是真诚的愉悦和对生活的热情。如若见惯了清一色的黑白纸墨信笺，不如一起去染霓虹纷彩的世界。清风过境，从彩笺撷取两袖素馨，墨渍未干。

　　爱，是天的光、云的影、花的香，是一轮月、一盏星、一琉璃，是生命最大的主题。爱河织锦，墨做星盏。

　　"闲观人间而眠，自有夜，覆我以星被。"

目　录
CONTENTS

葵倾

目　　录
CONTENTS

逶迤

绹系

目 录
CONTENTS

目　录
CONTENTS

觅句

目　　录
CONTENTS

行吟

碎瓦

目　录
CONTENTS

葵 倾

你是氤氲在空气中的花香

你是荡漾着浮光的瓣流河

是我缘起的开始

是我悲伤的来由

我该如何想你

一首相遇的诗

写

一颗

葵倾的

心

黑　白

诗歌是一段轻而易举的舟筏

等待着承载生命的重量

我穿一把金银琐碎在身

也许银色项链比金子耀眼

也许光芒绚烂反射类似色彩

诗歌停止了流淌

仿佛沙漠开出花朵的讶异

又仿佛连续的意象早被滥用过了的冗滞

光彩琉璃的倒影胜过斑斓回忆

你问，何来诗与情何来故事

你问，何来山海圈闭终成藏

我说，绝美的存在敌不过刹那陨灭而生烃的永恒

像记忆被清空，像一场波澜壮阔的自我表演

像看见又被遗忘的，虚无又实在的树木与花朵

没人记载这些短暂的真实和渺小

像没人在意生存片刻里的零碎们

我枕在诗歌的岩床之上仰望

交错纵横的年代与斑驳的被洗礼的沉积

仿佛光华一场只为论证生的不完整

和反演在所有剥蚀以前的海市蜃楼

是光，等待着爱，为了期待而生

是光，等待着逝，为了绚烂而亡

凹陷凸起间，我的诗歌种子发芽

怀抱鲜活的爱恨痴嗔挣脱着生活

亦较劲地涌向激荡的人海冲锋

在金色海洋的沙漠

在银色浪潮的水泊

光芒绚烂反射类似的色彩

像繁盛的生之光爱之真

我爱这金银琐碎缠绕的光彩

像我一直企图打破惯常的执拗

企图在断续的意象之缝

将爱销毁成藏

无瑕与枯萎

我不就爱你沧桑腐朽的容颜吗

因为连枯萎我都来见证

这是爱情生长凋零的开始与结束

这是万千朵玫瑰天生就习得的过程

我拥有它们的所有，以及

对你的占有欲

我拥有无数种鲜花的可能，也许

你不具有任何一种花姿

只是拥有我的时辰和月光

为了遗忘你，我不再写诗

但断简残篇陪我回忆无期之未来

雨声滴答、滴答、滴答

像极了你气急败坏时候最善用的叠词与反复

回文顶真你不必懂，我把它们

构想成了句子日夜流转

顺着漏永声声

垂下

月光素练

与冗杂

我该如何想你

我该如何想你

此刻的风凌乱

桃花俱眠，我自馥郁

所有美好字句都被情人们写遍

所有忧喜情愫都被他人诉说

我只好拿起笔，悬它在温软空气

蘸惹萦绕周身的气息写下字句

我写，写三字几行

竟是不想写，不敢写，不忍写

写不清如何爱上你

写不出怎样思念你

写不了何以不想你

如果你问

我是否爱你

只有无处躲藏的眷恋知晓

你如何误打误撞零落我的心上

你在春光融融中、你在夏日炎炎中

你在秋雨绵绵中、你在冬雪皑皑中
记忆里都回荡着你此起彼伏的呼吸频率
我一直试验自己的心跳，确保与它达到共振
可其余的时刻，我总是懒懒的
没有气力做什么，除了写你

因为爱你，我患上轻微的忧郁和失眠
偶尔莫名失落难吟诗，偶尔不能与花同眠
却是此般无望地爱着你
没有期待，没有憧憬
你像我挥不去的影子，骄傲地喂养我的诗歌
光流过，在皎月里盛放，无可脱离
黑暗时隐匿，带走废弃文字的魂灵
教人空空荡荡地失落

因为爱你，我的脾气有些古怪，晴阴不定
好的时候一个人笑盈盈地阡陌间奔跑
活泼明朗的样子
坏的时候谁也不理睬，四野踱步，等星辰发光

因为爱你，我在你面前肆无忌惮，毫不遮掩

如此纯粹浓烈地爱你

却不曾开口询问你介意与否

因而我时常自我克制，刻意不把爱你表现得分明

我该如何想你

娇娆脂粉色开满我身

是欢喜，无可名状的欢喜

将我心与你心牵连

我喜欢你站在我的前方，触不及却覆压我的视线

便可以安心在你的影廓里一直走、一直走

走到我视域所涵的边缘

时间停驻在此，如果你在走，我也在走

你是我目送远去从未靠近的依赖

不曾接近所以不会远离

我喜欢你站在人群中央，迢遥却只我透彻能见

所以我故意把你推得辽远

悄悄把自己塞到角隅再竭力在人群觅寻你

你是我夜深人静灯火阑珊处的喧嚣

风摇影动不断撩动我心

我喜欢你站在我的记忆里

任凭灯盏亮了又灭

明暗交叠处你的画面次次重复

你是河，时光的河，流淌太快，我无法追溯

你是海，缚楫湍流，未知几深，陷入就沉溺

我该如何想你

纵使风已凌乱，不能带我去你身边

徒有香氛晕染

因为爱你，我的心跳频率渐次微弱

神经却明晰地眷恋你的脉搏，忽略自己的存在

因为爱你，你的名姓成了我的座右铭

每个忧伤低落的时刻自言自语着回荡在耳畔

因为爱你，你的离去像是我的迷路

甚至连样貌都模糊，却清醒深刻地想念你

那是一片光之海

你浸在人海，莹莹如玉

融解消失的速度如光

我寻找着

时光背后，你的故事

我还想看一看时光之后会否有你

记录下你走后残余的风景

光线里还感染你身上的温度

眼前的景致与你如此熟络

你们曾在时光里同生，而画面里却没有我的身影

我怎能不生妒忌

它们竟让我们如此疏离

依稀望见时光之门

我被困在原地，落寞把我上锁

屋里满地是我未寄的信件

你把钥匙插在门闩，离开不复返

我坐在屋内看日出日落，一遍遍读孤单的字句

你在你的白色阳台看世间风景

终究我还是拉紧帘幕，躲在光的背后

桃花俱眠，我自馥郁

娇娆脂粉色开满我身，迎光斑斓

香氛晕染，如爱蔓延

而此刻风儿凌乱，将我紧紧环抱

我害怕

我忘记爱你

可我该如何想你

风花雪月的天空胸膛

我寻找爱情

于是阅读你的脸庞

它无可奈何地顾影自怜

我说不出

它如何成了我设想的样貌

除了去顾盼和寻觅

可你爱的是大地深沉如宙

我只爱风花雪月的天空胸膛

落叶落雨风起雪落的时辰里

小小的水珠想要凝结成晶态

剔透的　晶莹的

是我留恋的寂静

你牵手　你走过　你背离

低头看坚实刚强的大地

我读大地的诗篇

我听大地的心跳

最终混入人群看风景

那风景里藏着爱情

那爱情在大地之上

风起　花绽　雪落　月悬

一切风花与雪月，起源于你归属于你

那天空般的胸膛将我独自占有

天光云影，私藏着整个大地

开在空气中（组诗）

——遥寄方寸心

1

你的温柔抚平波痕，我顺势滑入手心
流淌成你心间的一滴鲜红

送你一枝
不会凋零的玫瑰
将每一片花瓣细细摩挲
让残红聚成一朵/愿成为你波心的旋涡

2

即便多情心数枝，根荄深眷胜卿顾
纵把己愫埋泥土，繁枝新叶日日生

3

悄然，在那些黎明，踏入我的梦中，顾笑频频

这儿，雨后，栀子花带着甜香，开在空气中
你在该多好
你把馨香洒在空气中，我忘了花有多美
我趁着月光躲进你的梦中

4

湖面倒映着昨天，是你留在我眼中的夏天
冬逝春寝，只因妒忌你寻觅千百度而不落的夏日
心似双丝网，中有千千结
寻觅过后，唯有你眼中的夏天
冬已尽，春正眠，从湖面划过的目光
看到了昨天

5

细雨湿衣，思念湿心
雾气氤氲的清晨，迷蒙间望见你潮湿的心
无风仍脉脉，不雨亦潇潇

6

玫瑰的光鲜灿红漾满了书桌的空白
于是此刻，我的眼中只有你

7

你的城，好雨。遍身淋透
为之所困，心甘情愿

8

半夜岚风忽起，衔吾思而走，不知君知否

9

吾思汝甚矣，今得汝信，亦言思，吾心宽慰

10

你，开在空气中

浮　光

你扰了泛着星光的夜
送进暗暗流淌的河

山脚下的歌
感染了平仄

衍　射

我被蒙上双眼
流水的漪沦却变得好近

我不由自主
屏住了呼吸
原来是你微笑的缘故

不　息

车流不息

裹挟着温柔月光和闪烁霓虹

不似我的情感贫贱俗气

这般丰富旺盛又密集，在所难免

你，固然是高贵得了不起的人物

万事万物牵动不了你的凡心

我的情感如车流不息的冗陈

纷乱，却多情而无益

人影不息，风摇心动

多一场擦肩而过的相遇

波澜则不息

多一座车水马龙的城市

光彩则不息

我仰望不及的海市蜃楼

换作你空气中飘浮的流言蜚语

情是躲闪不开的不息

只有时间不息流淌的残忍

凝固的悲伤

我用起伏的蝉声
串联了一篇旋律
你说，这曲子太聒噪

我用饱满的彩墨
描绘了眼前的风景
你说，这纸上的色彩过于纷杂

我用晦涩的字句
勾勒了一段心情
你说，这是你读不懂的冗长

后来，你再也没来过这里
后来，我再也没能遇见你

于是
那因紧张而波动的旋律
那因欣喜而鲜艳的风景

那因羞涩而凝滞的字句

真的就只是

聒噪、纷杂、冗长的

悲伤

在堆积满层层尘埃后

凝固

瓣 流 河①

你把风儿唱起

在写诗的季节里

细细的水滴

长出了羽翼

一番夜雨

用一株凋零的美丽

拼下一段不曾表达的情

流淌成逝去繁花的滩坝

你把风儿吹散

在抒情的小河边

倒映的诗篇

漂进了心间

---

① 瓣流河：启发自"辫状河"，一种山地河流地貌，主要为分汊型河床导致，河床因心滩、沙洲造成河床分汊，宽窄相间，形似发辫，故称为辫状河。

缘 起

你会看出
我空无一物的单薄与卑怯吗
在无数次不被你知觉的
你我的相遇里
我都只能默默地
默默地衔紧心弦
佯装出如你般
不曾察觉毫厘的姿态
也难怪你不曾看过我
更不曾与我四目相对
混响般的轰鸣震颤着我的耳畔

如果你惊扰了夜半星辰
我便只能恳请它们
替我窥见你的心底
你不愿承受这片浓深夜色
却只剩沉沦的孤独与落寞
倒映在你那看不到的脸上

倘若美的化身是你

我便徒能追随却无法拥有

任你携带一世绚烂

我竟是这般的羸弱与贫瘠

仅有不受雕饰的清丽

却从未落入你的眼底

不期而遇

月夜闲庭信步

冥冥之中感到你在某处

不近不远　不离不弃

凝睇不语

天凉如水遍湿阶台

一阶一台　聚足拾级

漪澜四起

似你眼波流盼

如我所能想见

你也曾挽我衣袂

莲步轻移　如此经过

步止波逝　只此一瞬

你在无人长廊角隅

注视着我

仿佛世界只有你

不期而会　尘音落尽

春来发几枝

风住雨霁可好

我们拥抱在令人喜悦的时辰

繁花一片片盛开，你心间

是花鸟虫鱼都无法拒绝的诱惑

风轻轻环绕可好

暖水流遍河床

温柔，是爱情最开始的样子

奔流，是我们将要互相放弃的时候

各自分别可好

芳草萋萋满别情，只是我

若问花朵，春来将发几枝

蜜样的甜粘在你的唇齿

你总说，漫山遍野都好

但冬天还没来

你就走了

花朵绚烂得一败涂地

香气荒凉得无以复加
是冰凉火焰终将熄灭吗
你的爱
还是为了突显枯萎的声音

我不计较你的答复
只在意你的离开
我不在意冬天的逝去
只关心春天的花朵

相　遇

看见光，以及光的影子
它们映在跣足涉过的溪流上
然后落入水敲石的声音中
她小心翼翼地抚摸震颤的波纹
感受着和谐的频率
她站在波前，白色长裙
光与声，覆盖她的身体
穿过知觉、触觉和听觉

远远的后方，溪水的源头
看见光，以及光的轮廓
它们映在久久凝望的背影中
从而融入脉搏
同频率的波尾处
那个隐隐约约的印记
那个曾经站在这里的少年
他任凭光和声无限地扩散
却兀自消失在刺眼的日光里

算是相遇吗

如果光遮住了眼

如果声波已经衰减

如果仅有的感觉不再能感受到共有的频率

注：启发自地震波传播原理。

不褪色的诗

是情愫在写诗
写更长漏永　破梦花影
写灯火黄昏　高城望断
写自在飞花　无边丝雨
写有情芍药　无力蔷薇

她写，陷在暮霭里我的容颜
像是在镜中看见自己相似的影子
她写，回旋往复着故人诉过的意境
像是正翻阅瞳仁里曾记录的图像

若是明黄旭日漂染，她便平和亦柔媚
而靛青色的寒气充斥，她便冷漠又孤傲
高亢之后低迷
不停翻覆着基调

你猜呀，她会不会沧桑
情退在先，而诗不朽
如是而已

迤 逦

情系迤逦，间而不断

我若露珠，澄澈爱你

沿途蜿蜒，我仍对石盟誓

花草离离状，我心离离兮

如一颗流星陨落

迷失在夜色

你既来之

便莫笑我

水中为坻

为你花开

待你驻足

离　离

你是否想念落雨的清晨

和那年的一树花开

谁送细雨来又送细雨归

行文走句　雨雪霏霏

你是否怀想嗅采落英的女子

和那风雨飘摇的花事

蜜蜂蝴蝶　鲜草繁花

都被风铃摇晃过了时光

如你如我

你是座看不见的城市

与我的诗歌岛屿隔泽相眺

水之遥　汀滢之波无皱

君之离　冥迷之城无影

一如这诗文你不曾懂

我看不见你的城市

无皱可循　无影可察

似你似我

能否相似相知

草木不知

你与我

迟到的花开

姗姗来迟　至你窗前

只为收漫山花香予你

请不要介意我的鲁莽迟钝

我也不曾想过会有这般的自己

如此愚笨仓皇却又情不自禁

于是山川枝杈竟染了杂沓的气息

愿你也不必在意我凌乱的发髻

我也曾在镜前一遍遍地梳理

那般心乱如麻而又小心翼翼

只是总成不了你最爱的样子

原谅我的局促

让你错过我最美丽的时刻

原谅我的怯懦

让你不曾与我萍水相逢

如果这一切可以重来

我愿多等待百年

再与你相会

只用一次花开

迷　路

我在追逐你的路上一直走
时间的流逝变得不那么清晰

我想我记得
你看我时的眼色
透着欣喜和慌张

我想我记得
记录足迹的图册　太细致
我总害怕我会有些背不动了

我想我记得
雨水弄脏了白衣裙
我担心斑点的印记会让你生气
以为　是我淘气

我想，我记得
你的爱刚好

唤醒我等待拥抱

带着雨滴的心

我一直都在追逐你的路上走

这条路好长

可你走得有些快

我其实只是想看一眼　你

是不是和我记得的一样

皆因爱你（组诗）

1

如若
火焰会复燃，爱的气息永不灭
我本如此
欣欣向荣且悲戚
因为爱

2

青草离离
万物生长或者凋零
都有它们各自的命运
风再努力，你不能勉强花朵盛放
水自径流，我无法勉强你去逆溯
我再任性，亦不必勉强你入我途
年岁流淌
碾过无知懵懂之身

沉淀你我的故事与成熟

我是短暂的看客而已，你我他之外的旁观者

看故事和风景交织重叠

怎番景致错落却深陷其中

我没变

是物是人非的回忆哄骗了我

是岁月曲解我意

3

我想

管系之间流淌不息的串流交振血液

在不同时刻定拥有不同的形态格式

如果

像是每帧影像具有固定的像素分布区间

像是每时刻河流的沉积具有一定的模式

我想，邂逅的时刻

每滴血液已记住它固定的位置

所以我对这一瞬记忆犹新

像翻阅词典一样轻而易举

因为爱

我无法忘记你的双眼
它是否像我一样时常饱含泪水
我无法忘记你的双手
它是否像我一样依旧贪恋拥抱

4

如果说离别是场灾难
不如说毁灭是场新生
我的泪水拦不住现实的洪涝
这场必然的开始是我注定的磨难

你对我的许多心思毫不知情
我也只对你的掌纹熟稔于心
所以终有什么曾经交错而过
终有什么正在且即将彼此错别
而我
却不愿承认
有什么忧伤必将相遇

只是越来越明白为什么会有不问结果的爱情

越来越不懂得更多或更少，越来越害怕许多

不知为何难过，不明白为何世有分离与相逢

如果你带来的是幸福和快乐

有什么理由去拒绝

如果你带来的是悲伤和痛苦

又有什么办法去逃避

一切皆因爱你

5

风太大，却吹开了跃跃欲绽的花苞

我们不停争吵，却还彼此相偎和依靠

于是想起爱

我想写，可我不敢写，因为

从前我写的悲伤全部成真

从前我写的快乐全部溜走

宁愿便固执地弃笔

等你写好美丽结局

总也算是至情至性

现在，是邃深至此

不见你的夜

你是我泽，点亮生命

6

每个这样的夜晚

谁辗转反侧，寤寐思服

像是诗句的具象化

我从不舍嗤笑你的笨拙，就当

你原是诗人，情都予我，故词穷，无以言兑

我绝无丝毫窃喜之心

你把光俱馈于我，我便将光投在你心上

让你牢牢地披上我的心思

单薄如你

却从不知名的时刻

从我身上闻出你的气息来

你是爱的气息

7

我的爱，好似力量无穷，它能

让你欢欣鼓舞，让你无所不能移山不愚

我的爱，总无能为力，它不能

令你映射我心，不能令你成为我镜中月

如果我很快就要忘记你，因为爱

如果火焰会复燃，爱的气息永不灭

我于是想起爱

一切皆因爱你

星辰与你

当我仰望星空

诗文零落俱下之时

你站成同样的姿态

以我惯常的角度与目光

我澄明的视线，自此迷失

迷失在你寂寥的银亮影迹里

你像诗提笔时的矜持

小心翼翼　揣满梦的步调

羞涩地靠　时近时远

犹如香水般弥漫

趁着夜风袭来

我的墨渍循迹同往

灯影下字字珠玑

你是落笔刹那的纸落云烟

当我再次举目

夜色深沉依旧

你随漫天星光

落在我写诗的角度

绮丽若梦

你既来之

我对未来毫不知情
正如你对我一无所知
哦，也不是的
我想象着
跟你同赏夜空一定非常美妙
却不知你是否一样地感受

我开始想要了解看看
好奇我怎会对你好奇
好吧，既然
你已邀请我共赴一场烟火
我必得应允初次的邀约
好吧，既然
飞蛾总归是要扑火
我们更不必错过挣扎

既然不知所措
你既来之我应奉陪

你莫笑我

你莫笑我

若不是这寂寞春野

百草尚未盛放

我必蘸满情绪

清点砖红的枝杈

若不是这春野寂寞

你莫扰我

我早知道的

字字句句零落，是你渲染或泼墨

无瑕绢布任凭你处置

虽是缘于你的牵扯

你是知道的

你莫扰我

我从不煽情

因为关于你的

沉溺不堪扰

你莫扰更莫笑我

你掌舵的秋千陷于百草丛间
荡起我的整个仲夏之夜
这春野必得自此寂寥
在此诗之前彼春之后
我在蔚蓝夏天遇着你
你莫扰更莫笑我

盟　约

许我此生繁华予你

独立于锦诗下阕

赶赴初邀

白野茫茫

四顾余我无人

旧藤板正微漾

故事始末更新

仅意与情坚贞

不留故境旧景

略不识体态形貌

惶失惶忘

滴水成冰　穿石凝岁

年复又年荣华冷褪

念当时初邀立誓　君题上阕

吾研墨　誊书字句已没

前生一盟

今世三梦

寻

你

映　象

我的目光没有办法偏移
它像是凝固了　冻结了
落在直觉牵引它的方向
那固有的频率
那特有的气息

我不知道
目光从哪里习得路径
不论光线和温度如何变更
你是它们唯一的落点
我不知道
直觉从何处获得力量
在开始便如此固执地向往
即便填充着哀伤

是永恒　是绝对
像无法忘却的文字
像湍促的呼吸　你心跳的频率

像抚摸过的指尖　你生命的脉络

如果黑夜来临
索性让崎岖被覆盖
只留下未知的幸福
反射入你凝望的目光

经 过

一段从一朵莲花前相遇而开始的故事
泪水趁夜色悄悄淹没堤岸，所幸以完满的乐谱
作结

什么时候莲花从盛放到含苞
不要说我迷惑，不要说
我宁愿你缄默不语
你只消收下，这空白的乐谱

太阳升起的时候，潮水渐渐退却
你能看到泡沫隐约存留过的痕迹
你可否记起了什么？请原谅我不去辩解的笨拙
当我在把经过的故事倒叙
你将懂得
当散落的泪水敲击堤岸
你也将懂得
岁月如何翻阅过
一个又一个无光的夜晚

此刻啊

我仿佛听见

你的心底

有音符开始了颤动

匏　系

你眉梢盛开的锦绣

你胸前绽放的小花

不由分说地明媚骄矜

天经地义地傲然喧嚣

大雨滂沱之夜交错而过

唯纷落花匏系在我身

细雨湿衣

思念湿心

遍身淋透

为之所困

心甘情愿

不敢独活

长 相 思

朝来雨，暮来雨
倦心沉沉潮秋隅
凄凉寒自浴

日相叙，夜相叙
绻意蒙蒙缓春絮
憔悴寐起徐

枫叶识细雨

枫叶早就染过几道凝寂

你我脚步早就交织重叠

覆盖几遭乳白鹅卵石径

我非能回眸一笑百媚生的惊艳

却也非受斜风细雨惊扰的脆弱

更非能被流言蜚语左右的踟蹰

且请留我在此等候

请牵起我攥紧拳头的双手

请拥抱我蜷缩颤抖的身躯

我只是这等孤高执己的坚毅

只在绮丽旖旎的景中等待你出现

只为完成一场宿命的相识

包括炽烈如火的枫

包括你

眉梢盛开的锦绣

胸前绽放的小花

不由分说地明媚骄矜
天经地义地傲然喧嚣

细雨湿衣　思念湿心
遍身淋透　为之所困
心甘情愿　不敢独活

尔如细雨　吾做枫叶
倏尔雨沥　霜染红彻

胭 脂 粉

是情淡薄，莫怪你

不如这染红的指甲长久

浓烈倒是恰如其分的

拨了吉他总是要剥落的

但我有一整瓶的炽热可一涂再涂

奈何这情稀薄惨淡

徒有你的一整生我的一整生

足足两个生命的爱都填不满一场离欢

你不懂，过胭脂是做何

我为何对镜一遍一遍晕染花影

一毫一厘的粉渍都要细细摩挲

仿佛一次情绪的跳跃或者沉潜

我都要拿它们的性命作挟

情自是你的

而脂粉是我的

脂粉里有玫瑰以及百合

有山花以及苏方木

而唯有你的情是单调的

胭脂摇曳花香散
情也熄胭脂则化

寒　境

疏钟遽然空山起，
众鸟私语莽天戏。
夜阑望灯水自凝，
残月照人心难明。
欲暖怜然一屑冰，
怎伤镜珠几泠泠。
始知寒意不可背，
亦解截然何无致。

开在你胸口的花

是开在你胸口的花

枝干嫁接我手心

阳光和温度正好

光染我发热暖我心

你在桥头

欢喜和忧愁结的花

丛生在岸

喜捆绑我双腿

忧牵绊我双脚

我不能动

静止在原地等你

花朵逢春盛放鲜红

世间到处萍水因缘

不忍置你在平铺直叙的故事

不愿任你流落细水长流的凡尘

是在你胸口生出的花

随细风斜柳经过我的心间

如果久别不再重逢

如果不能展开双臂拥抱

徒有阳光与空气

你胸口的小花不再盛放

倒　影

你是微晕的森林

生长在薄暮的四季黄昏

我是常年积水的沼泽

徒有潮湿空气氤氲

绝无泥土的芬芳香沁

你的枝干脉络似曾相识

我的泥泞污浊腐朽不堪

是清晨

你误入莲花池畔

踩过一地微凉的叶与瓣

是你的薄雾露珠淌入莲芯

散落的涟漪荡漾

我像你长久以来心池中央飘摇的倒影

滤过华灯初上的倩影缤纷，寂寞黑白

用一缕青丝碰触，从人间到心间

我何曾遇见过苍莽

只依稀有不安的悸动摩挲心脏

人群不曾涉足，只那一株莲花兀自盛放

我何曾见过霞光映彻满天的鲜艳

却贪恋那滚滚风尘中弥漫的丰泽

芳香许遍我的角落，像风雪覆盖雾气缭绕

薄暮和傍晚都落幕在错误的时辰

我只散发忧郁的潮湿和羞赧

你该是彩色

偶尔钟情朴素，偶尔雾霭沉沉

你该是彩色山林

或五彩画笔细细临摹，或黑白两色任他泼墨

我只偶然吟唱

才是你片刻倒影

短暂相容，共度欢喜

像一抔临水细沙流淌

回　望

我想不起来是否如此
在短暂久远的记忆里
是否有过类似的场景
如腕上跳动的指针般
周而复始地循环往复

我想不起来是否如此
在饱经沧桑的面庞后
是否印刻着愉悦的神情
在时光里冻结而又融化
就不再鲜活

或者
只是一切都被时钟遮蔽
我只是难以触摸，难以亲手擦去不真实的屏障
或者
只是我们被掩盖过的心灵必将混沌腐坏
即便其他不曾更变

我想不起来是否如此

回身望去

你还站在原地

可即便如此

如此的板滞之中

我以回望的姿态

如此往复

藤蔓绸缪

归兮来不兮　藤缠蔓缭绕

梦境里细雨浇筑梧桐树

树间是湿答答的叶子

子时翻覆辗转难眠

绵密连泪敲落花

花落不知多少

韶光藤蔓影

吟唱散离

离离草

草枯

哭

水

水流

流易逝

逝者如斯

斯人别已久

酒酿情愫漫溢

倚栏杆醉听风雨

愚若伊人直佯罔闻

纹字在身磐石心岿然

燃泪滴滴荡漾旧时藤蔓

君离君不见　余忧余不走

沉入海底的梦

像是溺在水中

看情节纷繁荣华

杂乱堆叠、混沌一体

你是琉璃瓦砾

牢牢地混凝在海底

被浇筑涣散的光

我的直觉失去磁场般被惊扰

东西南北不受囿于掌心罗盘

一切遥不可及的神秘，你原是

密不透风的牢笼，我缺氧窒息

谁的梦落在水底

无可遁逃，更清醒不能

潮湿的露沾在眼角

眉心的哀熔成心窝的海

我若爱你

我若爱你
碧水澄澈你在水中央
汩汩流动不息
如爱入堤漫延无绝
汝影盈吾心框

我若爱你
崇山巍峨你在山峦峰
绵绵跌宕起伏
如爱冲霄云烟蒸腾
汝情跃离心房

我若爱你
溺水犹耽细水微澜
坠谷然恋危峰兀立
千百次与你相逢
千百次相视而别
只留一句
我若爱你

雨 夜

情绪无以复制和比拟

在大雨滂沱的午夜

成双的孤独和苦涩

顷刻间淅淅沥沥

欲擦拭失落

却旋身而去

倘若走到当时景致

倘若雨滴可以流覆苍穹

倘若泪涟可以就此撕断

倘若汹涌心绪免受冰冷激荡

是否一切的倘若便享有焕然一新的机遇

而情愫如昨繁复　　倘若

倘若无法复制和比拟

兴许该是风的缘故

播了雨　扰了情

倘若随风飘散

失于年岁

欢喜就欢喜吧　共同欢喜

悲伤便悲伤吧　各自悲伤

浅尝辄止的敷衍涉水而过

最像蜻蜓点水地拘束试探

无非闭上眼想象情绪陨落

枝杈呜咽亦因风晃漾心慷

苍茫尘世足够盘旋之上的

袭人冬寒揽人入怀

还差一季花开不曾牵手去看

两相争执却不休地从夏入冬

复又到了夏天

碧涩海水依旧潮起潮落于彼此心上

一起丈量了蔚蓝的脉搏便分散人海

正如那么多诗句给你

你不曾读不曾看

自由飘荡　任意西东

是春来芳菲的香气

是相对落座无言时咖啡的甜涩

是潮湿空气里海水飘散的味道

是聚满逸散失于年岁的转瞬即逝的相悦

落花落吾身

像是燃烧　明艳花火
你盛开　我凋谢
月光的气息中生长逝去
就让火尽情燃烧
不怕热气将我无情吞噬

风，不细腻嗜冷的风
在火焰里翻滚地烧制
我将熄灭　用风之柔情
点燃一盏美轮美奂的灯
向花火兑换光明
我将不朽　凭火之炽烈
紧拥一扇将你带来的门
用瞬间换取永恒

你是我的火光，是燃烧也是平静
你是我的花开，是偶然也是必然

花期轻易错　春去春将来

尔行入人海　落花落吾身

交错而过

迢远的程途　最终
让我们忘却了初衷
而我在时间旋涡之中
不断交错而过　匆匆
与你的相逢

不能假设如果
不会悔过从前
只因
若非如此
若不是愈加的疏离
我将不会悉知
这存在的一切
包括过去的　未来的
以及眼前的
原来本都属于　你
不再出现的你

你留下擦肩而过

我却在最末的邂逅

之后

柿 子 红

大的，红彤彤的扁柿子

光秃秃地悬在交缠的枝杈间

是十一月的时候

岩壁和攀附着的霜叶静静伫立在盘曲的山道旁

在如我般平凡的旅人未曾到来时

在更多更远的不知的山林之中重复

夏林碧落，黄石湍涧

深秋临至，雾霭退散

在不分明的秋与寒意到来之前

重复着的远山由南向北、由东及西不断

沟壑纵横成地貌起伏

冷热交替成四时节气

大的，红彤彤的扁柿子

伴随风雨成长红透，与秋意为伴

枫叶步步徘徊向上，与岩石同生

缠绕过季节与风霜，树枝寥落了

年轮生长了，重复过了凋零

只有秃秃的扁柿子

如今挂在枝头，占据了鸟的领地

只有秃秃的扁柿子

无人能触及，便那么一直高高地悬挂着

压过了枝头，便顷刻跌落

一地鲜红

安　澜

菡萏香消，秋菊凋残，寒樱枝白

愿得一人，恰取一日，月下对酌

且将故事编织成斑斓锦绣

恍惚何又离离，爱河淙潺

念时光与万物温婉依旧

涓流不息，只待君来

君将携春来

我定寸心

千里

目

一岁一枯荣

你美不及满天的璀璨星辰
可我仍是不眷星光偏恋你

近日，我的手指微微脱皮
像极了你老茧磨蚀的粗粝手掌
仿佛萋萋别情对我的牵扰
皆因为手指习得这般丑态
仿佛指缝遁藏一丝丝你给的温暖
亦是一种不应交缠的牵扯
还记得，我指尖那才生出的黑痣吗
它那么小小的轻薄的
甚至都不具备一颗完整的痣的形貌
但就是洗不掉也揭不去
我想起你粗粝的手掌
我好像突然很想你
却只是认真地送你走
负了悲戚　负了莞尔
任凭肆虐的风重重拥我入怀

如红枫焰火燃身般孤注一掷
如霜叶凋零谢幕般勇往直前
不许你再留我

十个月的童话

三月的风在你的指尖舞蹈

将四月的樱花感染，于是

落英缤纷，在你的裙摆下播撒

把五月的音符律动，编织成

五线谱，而六月的歌者

悄悄吟唱了繁星，唤醒

那七月的知了

如水的午夜，那街

荡漾了蝉声，摇晃

送给八月的一首曲子词

平仄交织，替崭新的九月温存记忆

安然静好，风景寄至十月里远方的你

一株白色的蒲公英

映照了十一月的黯淡

停留在窗棂躲避

十二月的凄寒苍茫

可我弄丢了二月

你在二月弹琴

可我弄丢了一月

你爱着一月的雪白

二月的琴声　会演奏　童话

一月的白雪　会点缀　你的美丽

可我弄丢了二月　可我弄丢了一月

可是你的世界　比童话里美好

童话故事里的你　前所未有的　美丽

可我　弄丢了二月

可我　弄丢了一月

因　了

因了一朵我们看过的流云飘过

空气辗转阳光灿烂

我躲起来　不去看它们

因了缺失另一个掌心纹路的依附

空气稀薄　雾气缱绻

我躲起来　不看天空

晴天了

我换上红裙子白裙子黑裙子

带着一身裙摆和喜悦以及悲伤的泪水

夜晚

蒙上双眼大步地走

黑暗向前一直覆盖

因了你不来牵我的手

红色花朵和绿色叶子不再香甜

因了天气转凉

你的气味不再扩散

因了我渴望动人的爱情

你给了我一池动人的眼泪

幽 事

树荫里藏着焦灼的影子

我有红色落叶为伴

五谷杂粮有它粗糙的意图

细枝丫生出小花，夜色偷藏了萤火

星星在地里点燃，清晨每颗露水隐秘

一段月色撩人的过去，一场风花雪月的心事

燥热天气下的硬实谷穗

生长得粗犷随意，别无其他，仿佛

没有光泽，亦无忧愁

暂且去问问蒸发掉的露珠

每个夜晚的温度和湿度

是否像一束光来了又走，消失而已

是否玫瑰花茶含苞凋零的缺憾，留下香气而已

我与红色落叶为伴

那不是盛开的颜色

而是凋零的色调

夏已来到

穿过月光零落的荷塘与小径

花朵与喜悦，鲜草与眷恋手牵着手向后奔赴退去

我看见

柔软的细沙与宽阔的海浪紧紧相拥

我装作一片月光，悄悄抖落

夏已来到

花与草散开了初绽时因忐忑而彼此牵挂的手

夏已来到

沙与浪忘记了相拥时岸边曾落下爱过的名姓

夏已来到

你从夏天来到

便在夏天走掉我走，我也走

即刻出发

去听取蛙声一片以及林间风声

从晚霞的傍晚到露水的清晨

只怪这夏日白昼未免冗长又多情

橘子是橘色的

红色的蛋糕碎屑留存在白色纸张上

花朵的痕迹在书页之间夹杂

殷红色和米黄色

以及赤橙黄绿过的情绪

那些与颜色有关的故事

与嗅觉有关的回忆静止不动

你像一瓣金玉橘子

我一口咬下去，很酸，很酸

还是更喜欢红色的番茄

而橘子是橘色的

所幸火焰是红色的

玫瑰亦然

像红透的石榴，我们的爱情终结

娇艳欲燃的火红石榴
在努力使它蕴含的饱满果实迸裂而出时
每突然想到
看似坚韧而充沛的外表
被我这般轻易地撕扯和剥离了
像极了，像极了
我以为我们的感情
那么脆弱，那么轻易地分崩离析
连藕断丝连的姿态都没有
连彼此亏欠的可能都消失殆尽
你看她，何其绚烂浓烈与嚣张
像是未曾有任何强烈的绝望和迷惘
你看她，何其肆无忌惮地深切投入
崩塌时却如此言听计从地柔软下来
仿佛没有疼痛的暮晚染了道火烧云彩
我突然为这红透了的石榴惆怅
想她还没能有过一个完整的秋天，用来
憧憬和怀念，或者
替自己哭泣

日出日落，黄昏晚

但是只剩下一个告别的仪式
夹杂着贴近地平线的光线相互挥手
或者等着云朵睡了我们再拥抱
红枫为证：你爱我超过一个节气
何况我们看过的日出日落呢
黄昏的晚霞只顾渲染你的脸颊
我弯下身一片一片捡拾落叶
斑斓的影子太像你

日落之后不总会日出吗
秋千摇啊摇不是回到原点吗
我们的脚步停下然后分离
是以秋千任凭风拍打
日落之后必得刺骨寒冷的黑暗才升起
也许已在另一个远方

你不再穿我最爱的花衣裳
而太阳也依旧升起在每个日落后的清晨

像我永远喜欢色彩缤纷的事物

和有不同香气的水果

譬如：你抚摸过的柠檬以及芒果

一瓣一瓣花一样绽开的西柚

火烧云映撒在你影子里的时辰

我问地上的石子：什么时候把你带走

他狡黠地说：现在就要带你去远方了

还会回来吗

——不是已经道别了吗

荒芜

再也没有什么能给你的
没有其他文字能送给你
除却那一刹那
我不情愿你
如此招摇地混迹在熙攘的众生之中
可竟有这样的一瞬
唤醒街角回忆的力量愈加浅薄不足
却又那么寂然仓促，带着股冲劲
我以为那一刻我是爱着你的
像曾经一样深挚清晰地
无法自拔地爱着的

纵使如此
这样的一个偶然
总要被时间的洪流淹没
荡然无存
不堪挂念

南风起，我们就各自回家

怀有饱满情致，于你

空气温柔做伴，与我

红豆一捧，绿豆一捧

立庭前，看天看贫瘠土壤

像故事外的旁观者，昏黄灯盏俯瞰我们

在那里

我们彼此想念

一刻不能分离

在此刻

我们相对落座

相顾无言、习以为常

看云　看贫瘠土壤

看云烟迟迟不肯退去

南风起，我们就各自回家

只留红豆生

洁　净

滴答　滴答　滴答

因吸水而饱满的身躯，像熟透的果实

浆汁自动溢出

我忠于竭尽气力替它们除去污浊，还原纯粹

只有我关心它们，关心它们始终保持洁净

阳光只是别无二致地播撒万物

比不上我万分之一的小心翼翼

比不上我始终如一的专心致志

而我关心它们

关心它们，拧紧它们，又放开它们

被摊开的，仿佛为终获释放喜极而泣

滴答滴答，任水分流淌、蒸发

那又像是为命运悲伤之泪滴

在灼热日光中逐渐褪却杂质

滴答　滴答　滴答

我关心每一次都不再一样的它们

纵使缓慢浸染的芬芳试剂不变

每遭污浊经受的挫伤不同

每道工序涤荡的残余渣滓不同

每次重获新生的洁净亦不再相同

不再与最原始的模样相同

只有我关心它们

始终保持洁净

免于污浊、洗剂，还有泪水侵扰的洁净

滴答　滴答　滴答

旧衣裳、新衣裳被一齐挂上晾衣竿

浣洗衣裳的过程，如同人清空悲伤回忆

衣不再新，人不同昨

皆不可逆

像一粒粒的葡萄，你摘下然后洗净

风淡云清，了无音信

像一粒粒的葡萄

你摘下

然后洗净

这样的片段只在记忆中留存

风声簌簌

仿佛叶落

藏了很久的情绪终被挂上树梢

我不再沾墨迹的内心

仿佛情绪失控的瞬间不曾有过

譬如，果实饱满落地

譬如，你杳无音信

觅　句

我非能受斜风细雨惊扰的脆弱

也非能被流言蜚语左右的踟蹰

更非能回眸一笑百媚生的惊艳

卿卿吾墨，倾尽此生

邀我为友，何惜之有

有文如玉，无妨雕琢

建一座岛屿

暮也成诗

一首

一首

诗的来由

我欲提笔，字

不知所从，只

杯中影相吊

春华秋实

夏日炎热

不值一提

谁搅乱一池春水

便起诗篇重重

恰好意象模糊

只为某种情愫

举杯

一饮而尽

三月，当有诗

仿佛妄想这茁壮的生命力

用拍打在墙上的光影回击

脉搏强而有力地相抗

三月，该是雪水消融石穿的时令

诗人研墨摩挲间或屏息凝神

我也像是与野草一齐苏醒了

总要图个酣畅淋漓洋洒挥毫的痛快

一生一年就凑这么一番热闹

赶着和百花争奇斗艳

唯恐写诗也怕诗意平庸句式落俗

越是怕嘛就不妨试试笔

入俗嘛总也有些可取之处

三月嘛写诗才是

就看它个草长莺飞一派生气

当是最宜入文

当是愿着个纸载花香不负韶光

欲诗相思意

我用一种写诗的方式爱你
忧伤时吟作，喜悦时落泪
你把这称作
一种矫情的病症
不愿接受我心底的小花
或者芬芳的纵逸
欢愉舞蹈　溺爱饮歌
世上爱的方式一万种
我尽力效仿你爱人时的神情
但总是先于你沉沦
只能凭空揣测你的方式

当我们以为一定会爱上天空
却又情不自禁　心无悭吝地爱上河流
当我学起晓风追溯不息之流水
如你所想　如我所望
天空悄然带走了曾触手可及的你
而我一直写诗
佯装你的爱情

时光的秘密

它绝情地向前一直跑
想追那夏夜灯光中的影子
摸一摸被月光拉长的余热

除却爱情，人人仿如失忆
一季为期，岁月生长凋零
八月，宫商角徵羽，我弹琴
阳光叮叮咚咚细碎地敲在衬衫上
十月，枫林落晚霞，听风声
宽大结实的臂膀环抱着落叶
十二月，寒樱枝白，尘落雪
熹微的曙光在经过正好的时辰
二月，雾与尘齐齐覆盖旧窗
你的影子躲在远楼中另一扇窗里
五月，用胭脂水粉渲染的画家
在你的肩上一笔一画刻下秘密
月光就躺在你肩头，太阳落在我被角
回忆是凝结玫瑰的冰河

冰封秘密，缄默不语

我决定不用排比句了
回忆嗔怪我唠叨
可玫瑰与你怎么停滞不前
时光只顾催促我向前
可太阳怎么总会依旧升起
月亮只守着你的秘密

照 无 眠

凌晨二时左右
从一间居室辗转到另一间居室
只有月光亮堂堂地照进来
与我的双眼乍然相见
这般千丝万缕的宣泄
企图撩拨人的心事

仿佛月太响，叫醒了我
不由我
薄绡似的帘幕掩覆不了光亮

仿佛
第一次被月光叫醒
第一次望见思乡曲中的相思月
不想见什么望月怀远
可月太吵闹，叫醒我
不由我

诗歌岛屿

建一座岛屿澄澈晶莹
照亮我的生命

夕阳和流云
追着我走

风也轻盈
暮成诗
一首
一首

行　吟

我只是这等孤高持己的坚毅

只在绮丽旖旎的景中等待你出现

只为完成一场宿命的相识

随流落时间行吟，无处寄忧思

以莞尔为粉，以岁月为黛

看日光下澈，影在我身

一路踟蹰

一路

吟诵

日光下澈

他是日光
你我每人都有的坚实依靠

日光是他
热切地　广阔地
倾泻光彩夺目的爱
仿佛一直在他背后无忧地成长
又仿佛我渐渐成为他的影子

芙蓉花开　梧桐叶坠
我在某个秋日来到你的身畔
于是感受到光感受到爱
感受到自身切实的存在

请别介意我也许偏爱母亲
因为母亲过于温柔美丽
但是你的背影总是很远很长
我总在自己的倔强中看见你

于是愈加懂你的严厉与沉默

我竟是如你一样的坏脾气啊

如此热切而又广阔

日光下澈　影在我身

略施粉黛

肤如凝脂　略施粉黛
如果我在那场时光遇见你
我将如父亲一般诚挚地爱你

当歌颂母爱的字句
铺天盖地地泛滥
我只愿
安静地翻阅你的美丽
我不愿
大方地与别人分享
美丽如你，爱我如你
我情愿，他人嫌我吝啬
我的母亲是个美人
略施粉黛即倾城
一颦一笑绝无双
以莞尔为粉
以岁月为黛

月 牙 弯

朗朗清清的光圈弦上

聚拢满天星宿的微光

仿若丝丝缕缕的形状

夜夜在云霭间高悬

你，每每清晨绾起的长发

回想那晚

你戴上月光般清亮的玉簪

沿着星光的极处远去，不复归来

不复往昔绾发时的妩媚姿态

试过风，味道只是缺了少许清香

尝过雨，温度不过清冷竟凉了骨

仰望夜空，光束如略显毛糙的发梢

些许刺痛眼眸，而那远处

高高在上的，一眉一目间皆是熟悉的温柔

那是你吗

所有记忆

藏住曾经深爱

化成月牙弯弯

悲与喜都换作笑靥

等待开始新的故事

等待你赏味记忆被蚀后的痂——

月牙弯

清辉依旧普照

枣树和小花

盛夏之后的碎石小径

从斗折蛇形的曲折换作了直道

枣树和不知名的粉紫色小花

温柔地开在了一起

我若说这甚是美好

是不是不足为据、难以服众

若非如此

你的心上为何总飘荡着香气

自由的草爬满了小径

偶尔还有小雏菊的混彩

风穿过草隙嘶嘶作响

我看见欢乐的种子发芽

轻快的乐曲和阳光起舞

你的眸子亮闪闪地泛着花影

我分不清是枣树还是小花

万物的呼吸声静静的

好像你在总会有光

每天我从小径上踱步

找寻枣树和不知名的粉紫色小花

好似花香里藏着你的眼眸

致 友 人

我在这里

你在哪里

温柔的午后

有风铃的声音划过

又是一个落雨的日子

或许风雨交织里

空气会加快流动

或许如此

那年树下的香气

会更快地随风潜入你的呼吸

我在这里

很久没有见过你

会不会有一天

看到的是彼此的陌生

我是如此怯懦并嫌恶着

这残忍的时间

十七岁

像是雨水初涨的池塘
像是扑朔迷离的丛中蝶
像是犹抱琵琶半遮面的女子
有着水滴贯彻的新鲜
有着茫然未知、无可追寻的神秘
有着令人恻然动容的羞赧

是白色衬衫与裙摆
是女孩衣摆的红色流苏
是每天上学必经的小路

总有张纯真清澈的面容
绚烂婉转地
呼啸过岁月
时间总是
很安静、很缓慢、很清澈、很动人
那时

流落的时间

酒香散在空气里

花还没开我就醉了

我说，时间流落在花间酒中

爸爸说，时间在我的手上

不信你看

我笑了，时间竟缠绕成诗的模样

沐浴在风中雨里追索日光

亦蔓延，亦吟哦，悄然

落在额前眉梢掌心

无限延展，恣意生长

看着爸爸的手

眼眶怎么红透

就突然恨起这时光

为何四处流落

旧日的时光

余晖投射在坍圮的灰墙上
从废弃的篱笆旁撤离
黑夜在这里开始，寂静无声地蔓延
没有光亮，没有人迹，没有声响

她摸索着前行，看见
柔和的晨曦耀眼，看见
母亲摇晃着啼哭的婴孩
哼唱着熟悉的歌谣

她拢去遮眼的白发，恰有
日光敲着砖红色的门
缝里溢出清浅的桂花香
她合上眼，静静地嗅
陷在这弥远的气息中

请带我回家

有一天
我梦见我老了，白发苍苍
只有孤单无助的漂泊
日日夜夜看人群聚散
孩子，我多么想念
你还在我怀抱里酣睡

醒来，阳光落满陌生的街角
我仿佛看见梦中的自己正擦身而过
衣衫褴褛裹住佝偻龙钟

似是幡然大悟吗
我摩挲着脸庞，却只有
粗糙与干瘪
请带我回家吧
我好想念温暖的味道

落雪纷沓春将来

来处是冬，去处是春
我们陪你翻阅四时芳华
送你一束盛放玫瑰
将庭霰燎燃成一簇花火
这番情，你愿不愿收下

万紫千红春总是
万籁俱寂韵甚在
我们陪你翘首漫天雪花
俯拾目不暇接之曼妙
在每年这时刻落幕沾情

远逝不溯的光阴洪流
就任它散作淙潺诗篇
我们陪你在涯岸送行
告别寒雨晚风落花冗尘
一般故事，两种心情
纷雪落吾身，冬去春将来

唤　醒

寻找一段旅途
满路的馨香弥散
谁来唤醒你自然生命的瑰丽

蔚蓝苍穹、清碧草丛
枝头的鸟欢歌
谁能唤醒你对生命的珍视

长途跋涉地追寻你
追溯你的过去
是如何
芳草鲜美　落英缤纷

自此
唤醒你，你的过去
成了我痴痴觅寻的
又一个奇迹

馋嘴的鸽子

鸽子趴在窗台上咕咕叫
肚子饿了就望着办公桌上的地球仪
飞去哪里好呢
该找些什么美味好呢
咕咕咕咕
屋子里未免太安静

咕咕咕咕
老师进来了
鸽子一溜烟惊跑了
空留它脚趾吧嗒的余热
在消散

碎　瓦

情愫万千，形态各异

如瓦砾堆叠

时而被冗杂回忆困囿之感

时而因情踊跃心境也罢

热闹的，欢愉的

悲伤的，怯懦的

任性的，封闭的

也罢

碎瓦一地

不如

拼凑成玉

晶莹闪烁

如诗

溺

我被冗杂回忆困囿

缤纷斑斓的色调

是爱情本来颜色吧

可生命那么短，爱情又那么长

爱情那么多种形貌，生命又这么有限

那条河流，请允许我暂且这么称呼它

我的涓涓细流遇过沼泽

遇过痴醉诱人的芦苇荡

也遇过河床激烈振荡的潮汐

直至最后，一切变成过去时

定格成一帧帧时光轴上的浮点

它才发现自己俨然被分割成

交织纤柔的辫状河

经历过曲流河的扭曲蜿蜒

亦抛弃过牛轭湖的悲伤往事

我的涓涓细流啊

纤弱可人的那条河脉

我跋涉多时只为看清自己河床的砾岩

如果爱情本就是个病态的方程，那么
任何算法都是徒劳
怎样都不会获得解
请权当欲扬先抑
涓流不息，只待君来

虹

莲花正盛放，炎夏

似是个发生故事的好时节

蝉声高洁鼓噪

雨滴敲醒沉睡的我，你一下子落进我的眸子

浅笑，眼珠如流萤

恰好帘外雨水翩翩

此时菡萏渐次香消翠叶残

我想你陪着我走，任它

秋菊凋残、凄辰萧瑟

你若是火

我硬是要纵火，要燃

就燃几阵无物可挡的燃天铄天

没有对错的甄别

没有适合与否

没有空间或时间的胁迫

要错就错在上弦如钩银辉如练，让人

不禁错足、不禁失态、不禁凝噎

于是便入冬

愿得一人，恰取一日，月下对酌

菡萏香消，秋菊凋残，寒樱枝白

君将携春来

恣

月亮阴晴圆缺
花簇馥郁有时
甍栋鳞次栉比
情当参差不齐
不妨

芳馨雨露若干
掬水揽月若干
鱼鸟戏水若干
霞光映彩若干
若干欣欣时景
予你

凡多予你一瞥
枝头鹂鸟叫嚣
不妨
桃源静好为幕
凭心恣意喜嗔
罢了

霁

令人讨厌的欢喜呀
怎么总是拥抱你的眼睛
那里纵使彩虹般绚烂也不过
潋滟水光影踪镜面一晃而过
怎么生出欢喜几度又旋回乍现
令人欢喜呀，不过
怎么被你偷偷剪去了青丝几缕
银簪子悄悄盘起了羁绊
碧波荡漾好生烦人
傍晚还是看见霓虹
光彩明艳
几分熟悉，自是欢喜不过
到日落昏黄沉寂
真是令人讨厌的欢喜呀
藏在深深的僻静里
却裹不住的芳华，依旧妩媚
我自南柯一梦自扰
再有雨，霁彩仍在

囿

天将凉，雨欲来

一场浓稠不散去的雾霭，换

一整首动听不腻诀别

一影影绰绰的水姿为衬

一筹莫展相思之苦

任夜色里雾气弥散

弥弥久远

藏起玫瑰的姿态

如此好看

你上挑的眉眼之间

我自顾自演，编排情绪

雾敛帘幕重，花遥馥郁深

茕

飞蝇静默地盘踞在残剩的果蔬上

飞蛾忙于追逐稍纵即逝的血艳火光

飞鸟摆出自以为是一去不复返的模样

在天际云翳的每个角落

这些属于飞翔的种群不断消亡

我是沧海内不得双翼的微粒

不比飞虫风淡云清的恬适

不比飞蛾扑火求光的坚毅

不比飞鸟孤傲恃才的恣意

我

看见树木的腐朽色衰

看见生命的疲惫不堪

看见年轻的躯壳下的

枯萎和苍老以及孤独，不只我，看见

飞蝇的肆虐，与生俱来

飞蛾的扑火，心甘情愿

飞鸟去无踪，徒留人在

幻想羽翼或者感受流逝

天空蔚蓝的诱惑

又算是什么呢

盛满云朵霞光的器皿

抖落冰雪雨滴的使者

抑或厚载渺小虚妄的发源地

锁

你对你的秘密绝口不提

割草机总是渲染草木香氛

水果刀上缀满果蔬的晶莹

隔夜的茶水杯中残剩一半，立在桌隅

打开抽屉，翻出旧书信

纸张后的故事与故事

记忆串联成故事，过去演变成如今

去年的花朵

在旧书页中掩埋成废弃失败的植物标本

怪天气过于混沌潮湿的纠缠

如隔夜茶被毫不犹豫地无情倒掉

我想起来，它们也有蒸腾鲜艳过的时光

我想起来，水果和青草的自由亦被割裂

然后汇聚消亡在生命逝去的衰败土壤里

我想起旧房子的泥土栽种无花果死亡的躯干

又听说童年住的旧房子隔壁的爷爷也被封存在

土地

只记起来庭院顶上蔓延卷曲的丝瓜藤，很长很长

死生却是一瞬短暂的骤然之事

命运像丝瓜秧一样摊开手掌，死生皆无处可逃

你，对你的秘密也绝口不提

我记起你难过的时候望向天空的样子

像等待命运来临似的孤独

大雁南飞，成群在天际

你对你的秘密绝口不提

夕

日落的剪影不经意地洒下来，和

游艇驶过江面的波澜惊起别无二致的自由

云朵是很难以领略的事物，似无处不在飘荡任
　西东

于水光潋滟与落日熔金间若有似无地平淡着

卷起来，埋伏一道光，变成扩散夕阳的门缝

散下来，容纳万千曦，做个私藏盛景的小偷

疏剪光彩，舒伸卷敛

消失在月亮到来的时候

云朵她躲起来

躲进白昼时假借万物，她美丽而夺目

夜晚与漆黑同溺，不想他人见着寂静单薄的模样

但天空拥有一切，美与丑，善与恶

他无法目空一切，却对那些悲喜卑负视而不见

他拥有着的一切，悲与喜，卑与负

他充耳不闻

所有一切的丑陋，无须问无须看

那些躲起来的怯懦亦无须理会

风起了，一切很快烟消云散

仿佛当太阳落下

皎月升起之后

一切就将重新洗牌

等待翌日太阳依旧升起

而暮色昏黄的胜景，静静等待

等待它的云朵

和天空

滩 坝

河流从容汇聚一旁

碎玉瓦石交错沉积在风骤停下来的地方

是无法开动的海底沉船，抑或

万物老去生长凋零的真实

起伏，淹没，燃烧，熄灭

像河床的旋回变迁，像火山的爆发休眠

时光之茧，书墨之香

也无非如青峰滴翠，溪涧淙潺

无非一场沟壑纵横，山路崎岖

无非还是云翳雪白，天际蔚蓝

集聚着涌动着盼望着等待着

如我细碎渺小的生命本身

如我广袤的地质情怀

不过像滩坝样集聚而已

骤　冷

无法吸收白昼时

斜射的日暖

这明亮灯光下

仅存的　稀疏阴凉气流

扮成与它相似的影子

脱去了温度的

影子

流动在

同一个我

不同时间里

我的思想之上

沉　船

枯竭，没有水分供养的植物
种子，在空气中飘散然后扎根
沉船，落在了深不可测的海底

始有光
不同波长斑斓的，暧昧的影子
交织
错觉像是能拥有璀璨的光华
褪色，生锈，腐烂
真相才揭开了本来的样貌

想有光
于是想找到水面
停下来，光才不被自己遮蔽
一瞬间，光彩破碎琉璃梦沉
沉船，又落在深不可测的海底

仍有光

影子交织

梦一场，依旧破碎

其实从来一直在海底

是只沉船

再也无法开动

万物老去

可生花妙笔的木材尚未发芽

冬天摇摇晃晃地来了又要走

日历上又画去一个七号了

我看见每天撞见的那只喜鹊站在枝头

以前她是喜欢枯朽的草地的

如今还剩茸茸的草苗替她垫垫脚掌

七号是个什么日子

不特别也不隆重

有时碰上农历的节日

有时遇见白雪皑皑河川冻结

有时撞见万物复苏一见钟情

七号是个什么日子

很快从一个到了下一个

四季摇摇晃晃着就这么走了

七号是个什么日子

我还没长大皱纹就爬到父亲的手上

夏来我依旧听蝉入眠可家乡却远了

一支会开花的笔还没雕刻出来

万物就老去

泥泞啊，花儿

庸碌在沼泽地里撕扯

何时形成的泥裂在一如既往重复着干涸

何地长出来了鲜花

不过是从污浊中方才摆脱泥泞的野草

尚未拔离凡尘，却要

成为百万年后的化石雕饰

她在寻觅合适的土壤

她在寻找她要的王国

而雨水，迟迟不肯降临

而空气，死死灌入裂隙

哪怕熹微的晨光她愿抚摸

哪怕迫切的寒冷她愿忍耐

只为了沉默地交代竭力之所及

只为了不安于现状地成为宿命

她要建一个王国，哪怕黎明前竣工

她要建一个王国，埋葬不堪的宿命

我向阳生长

没有成为沼泽的花朵

没有铭记泥裂的历史

我一直等待雨水

装作命运的天师

不平庸地开花

只为泥泞中结果

若有自由　何所惧怕

万物作茧，岁月所缚

日期与日期相连

串联成一段一段岁月的茧

装进人、事、物与地点，以及

花朵的绽放、枯萎和凋谢

等待着心灵空旷寂静的过程

与日历一日一日等待着被划去的命运

又有什么分别

万物相似所以相爱

万事相反所以倦怠

敏感是他们的宿敌

矫情更像是一种罪过

让人们彼此更加疏离

哥特式的彩绘玻璃窗极尽了喧哗

所以教堂气息静谧空灵

远古走了那么久的路

多的是周而复始的旋转轮回吧

现在与过去就这般一统着

文化兴起、毁灭，再复苏
与生命起源死亡繁衍一致
像此刻的我们依然无可奈何
像此刻无人懂我写了什么的漠然

世间有字，则远古可溯
那些魂灵寄居在这记录之中
人们依旧思考人生的意义
是否就是人类存在的意义本身

此去经年，山水俱在

山不是你爬过的山
水不是你蹚过的水
只有风和雨还像当年一起历过的样子
你一定想问我：油在哪里
"它深深埋藏在不被你所见的远方
一如这对你的思念
总要越千年风雨才落你心间"

多少次不经意间擦肩而过
你的记忆里
不曾留下岩石和矿物的名姓
它等待几番轮回
只为与你相见
你的脚步匆匆，恨时间太快
想问：我能否用深情至此换你回眸
只求空出一个道别的时间
你却悄然离去
我只好将人群中多瞥的一眼
认作你来生埋下的伏笔

旷野之上

——致磕头机

风，联结了天空与草地

云朵是倚靠着树木头顶

齐整的一串串白色小花

遥远的磕头机一起一伏

像是

孩提时热爱的跷跷板在脑海中摇晃

怕又像是

在风中曳摆的大彩色帽檐

既是属于绿色树丛

又是归于蓝色天际

归于碧水浅泽之畔

散佚于浩瀚大地的深厚土壤之内

侨居于雨露交织的辉煌油气之间

自成一种凛然的气派

如风过境，扮作联结大地与你我的花簇

是成簇的似满天星的花，白色的小小云朵

是围附树顶的白色花，被风掀起的叶片
是远方飘荡的各色帽檐，工作着的磕头机
如风过境，联结你我
在旷野之上

三叶虫，化石

（令人困惑的寒武纪物种大爆发和后来地球生命史上的
多次生物大灭绝事件；知名的三叶虫纲，出现而又灭
绝；海平面上升与下降，生物的繁荣与毁灭；螺身缺乏
的节肢动物门三叶虫纲，与硬壳中蜗居的菊石亚纲。）

暴雨来临前，风赶忙把我塞进螺的洞穴
哭声淹没在寒武纪生物群落的庸碌中
房室像个隔离墙，拦截了水面上升的进行曲

隔岸的灯盏，仿佛在午夜被风吹亮
星辰似的眨着傲娇的眸子
雨停了，它们就成为高高的灯塔

雨水声被拦截，灯光近了又远
喧闹的哭声被海平面阻隔

请求暴雨来临，像风把我塞入螺的洞穴
仿佛听见遥远的浪涛声击打着壳壁

我却早已将躯体嵌入牢靠的石间

爆发，兴许是蓄谋已久的一场灭绝
而光亮，听觉，与知觉来自记忆
毕竟，我从未拥有过螺身

（或者与此上诸多皆无关，我只是在写俗气的爱情。）

注：三叶虫，是5.6亿年前的寒武纪就出现的最有
代表性的远古动物，是节肢动物的一种。寒武纪
生命大爆发（Cambrian Explosion）被称为古生物
学和地质学上的一大悬案，自达尔文以来就一直
困扰着学术界。

褐色情怀

——致地质工作者

起伏　淹没

燃烧　熄灭

像河床的旋回变迁

像火山的爆发休眠

像在地质工作中的我们将岁月奉献

像在山川溪流间的我们任爱意泼洒

是大地恒久不变姿态

是岩石万世风尘的色调

是宝藏缄默不语的气息

它是褐色的

它依然是褐色的

它永远是褐色的

而雪白云彩　蔚蓝天际

最美在晚霞烈焰燃烧的时刻

而面朝土地　贴近岩石

最强烈的情愫埋藏褐色地底

艾青说

"为什么我的眼里常含泪水

因为我对这土地爱得深沉"

那么，我们的爱

是冰雪消融入岩缝

是大地春复饰山峦

是青草繁盛掩泥岩

那么，我们的爱

如油气喷涌出井口的豪迈

如矿藏深蕴于地下的珍贵

如美景充满你我的心扉

有跋涉过的迢远途程

有攀登过的荒寂险峰

是我们的梦想曾放飞的山野

是我们的青春正激昂的岁月

是无垠天空和广袤大地

都义无反顾地落入我们金子般的目光里

大自然是一切生命的造物者

时光打磨岩石，风霜洗礼岩石

旷野的风沙湮没疲惫的足印

而你我

依然目光虔诚，憧憬如山花烂漫

仍然臂膀坚实，紧握锤子和罗盘

在探勘和地调间游刃有余

在一座矿山的灯火里踟蹰

若是雨水淋湿了薄衣衫

若是骄阳蒸发了淋漓汗

若是寂寞浸染了思乡心

我们便挥挥衣袖，继续前行

任那沟壑纵横，山路崎岖

且让拼搏的信念带我们溯流而上

且让我们的目光穿越千重山万重水

看这深藏千米的岩芯暴露在地矿人激动的脸庞上

且在这山花烂漫中砥砺品格

且让幸福的笑靥落入每一座矿山

青峰滴翠　　溪涧淙潺

沟壑纵横　　山路崎岖

云朵雪白　　天际蔚蓝

面朝广阔辽远的褐色土地

我想触摸那被千万年岁月亲吻过的岩石

它们饱经风霜，久经洗礼

我也想去看看那深埋地底的宝藏

如何在时光中磨砺、挣扎而不朽

我是带着这般炽热到凝华的褐色情怀的勘探者

落花春寂寂，寸心千里目（组诗）

—— 致石大

风 华 路

曾记得，春末的桃花瓣雨吗

一地沉香，一把思念

仿佛怎么珍藏都不够诚恳

微风轻拂，华彩馥郁

墨香沿窗棂伸出，遥相呼应

那番风光无限仿佛置身其中

创造太阳

要有光，于是万丈光芒

照耀岩石，点亮智海

面朝唐岛湾，岩壁生繁花

像那太阳之光，绵延无垠

莘莘学子前赴后继地奔向未来

于是，光芒万丈

逸 夫 楼

海在对岸酣睡

却也躲不过风的温柔抚摸

谁行走，谁驻足

借来一缕阳光

还你灵感朵朵，满廊回荡

瓶瓶罐罐里全是将溢的希望

在酝酿奇思妙想，或者传递壮志雄心

文 理 楼

潮汐回溯岸边，文思爱上逻辑

文字和数字在捉迷藏中相爱

有时，它们互相争执

谁更包罗万象，姿态万千

有时，它们静静携手，看罢风起云涌

确是天造地设的一对顽皮

磕 头 机

她优雅，他活跃；她傲慢，他偏见

各有千秋，皆为油生，同绘辉煌未来

开拓者，是他们的别称

凝神伫思，你是否愿与我一探究竟

它奇特的构造，它抽象的工作原理

体 育 馆

是澎湃潮汐退却后初露的贝壳吗

双曲抛物面形态，别具一格

闭上眼睛，有海涛残存的呼吸声，你可曾听见

我想，我将忘却记忆，只留下牵挂

如果，如果恰好你也在这里

化院之蕴

楼宇中，你们步履轩昂，探索着科学的奥秘

春来，院前枝开妖艳；夏至，草席落英缤纷

风起林叶动，雨落新知涌
理工科之美，在尘嚣之上

荟萃苑餐厅

树林荫翳处，枝繁叶茂地
一蔬一饭之间，群英荟萃于此
惜食粮，惜时光，惜眼前人

校园全景

霁月风光，则远观抑或近看皆好
春和景明，盛夏光华，秋水碧波，冬日暖阳
可登高远眺，俯瞰全景；可亲临近察，细赏风貌
当幸福的摩天轮缓慢转动，我的心弦颤动
而你，会否有顷刻的感怀心动呢

学生公寓

临水而居，湖畔风光旖旎
朝起为学，韶华悠然逸致

逝者如斯夫，不舍昼与夜
优游假若此，勿恐失年岁

图 书 馆

春光掩映着生命的激荡
夏蝉奏响着青春的澎湃
秋风歌颂着脚踏实地的拼搏
冬雪蕴含着厚积薄发的未来

学校北门

在这里相遇，在这里离别
日出日落，黄昏晚霞燃烧
灯影婆娑，映照高楼幢幢
你好，再见，笑容在相片上定格
何时才能与你再次邂逅

荟 萃 湖

水光潋滟，繁花摇曳

执子之手，湖心徘徊

纵使无数遍设想相见之场景

不如芳草离离时携手邀约

寸心千里，看尽楼台轩榭，芬芳共语

学校南门

故事已开始，你愿不愿来

远山如黛，碧天澄明，静谧依旧

我知道，你已到达，门扉难掩青翠

注：石大，中国石油大学（华东）。

跋

蓄泽而渔

若取胭脂书，对镜梳流云。卿卿翰墨香，眉目自如画。书墨胭脂香，我读故我在。

一场梦，我站在熟悉的看台顶，想象轻盈地飞翔起舞，想象缓慢地睁开双眼。望见你在人群中央，戴着被岁月无情摧残和打磨过的苍老容颜，裹着业已老去和变形的佝偻身姿。我飞向你，降落在你身畔并微笑着紧紧抓住你摩挲的双手，用无限爱慕的目光仰视你。

这是梦境一场，在某个昏沉浑噩的深夜中惊醒的我的梦。它残缺破碎，却深沉地流泻出某种情愫，无穷地滋生和幻灭。之于我，那苍老容颜和佝偻身姿不被记得。我单单铭记你明亮的鬊水秋瞳，丝毫不着时光蹂躏的残损，而是年岁沉淀后万卷俱破的深邃与凝练，是高的天和深的湖水。故我有了飞翔的能力和朝向你的满心激荡。

我爱沧桑仍不朽的你。我是疯子，一个内向孤独患者，一个沉浸在如何成为你而前行的孩子。我会想，想象你的世界堆积了怎样的一番卷帙浩繁，想象某段文字之上一咉风自峰峦升腾，想象某阕诗句之间余音绕梁繁花自芳。我会想，想把你的形貌清晰明澈地描摹，栩栩如生，从风华正茂到精神矍铄。我会想，想把我爱着的每个人恰到好处地放在故事中间，让他们成为作者最爱的人，缺憾却个性鲜明。我会想，想把我的心扉叠置在字里行间跌宕起伏的情节中，去阅历世间的种种情怀世故坎坷荆棘。我会想，想把波澜壮阔重峦叠嶂俱收藏书页之间，偌大的玻璃门倒映所有华美的场景。我会想，想效法孤独的女诗人艾米莉，衣一袭白裙，带着茉莉花般白皙的脸庞，像片白色纸张去等待神圣的诗歌降临我的怀抱。我会想，想象文人著作时熏染着何种情绪，目光如何凝睇此番月此番境。

这样，我便感受到你的目光落在我身，寥落而又深沉。我感应到你的魂灵，仿若我变成了你。我望向漫天星辰，它们在私笑，笑我的落寞与孤单，一个接连一个，抖落成星河，流泻波光粼粼的梦幻。我在星空发亮澄澈的镜光里看到自己的影像，白色裙子以及冰玉般的白皙面颊铮铮地反射出璀璨的光辉。顷刻，陨落的词句、音节、字符旋即似大珠小珠落玉盘般开始颤动。于是，我确定，此刻，我便是你。如若每次等待诗歌的过程都像现在这般清晰与欣然，我想该是那些华美字句和良辰美景了然于胸的缘故。如若我能恰到好处地承接诗人抖落的灵感，我便能同你一样欣喜若狂。

我该是何等幸运地遇见你的魂灵呵。

这片寂静夜空又落雨，细腻柔滑，有薄雾暧昧着萦绕在身。此刻的图书馆在迷蒙的路灯下正弥散温亮的光，我抱过闲杂书两三本走向它，瞥见书架俨然叠置的安宁。感谢我能够学会拥有这样一颗从容祥和之心，所以能够一边汲取无界人生，一边体会真实生活。从认知自然世界到体悟哲学本质，人们将一切有关的思考用书籍一一记录，故能代代传承。书籍的不可替代性和阅读的力量似乎不能清述。斜倚书架阅读着的人们，拥有异于平时的清逸神态，即使他们并不自知。也许他们不被写进任何一部书中，却总会有段文字让他们寻找到自我，像是冥冥之中的暗示，命运在轮回往复。

看看窗外吧，路人沐细雨，一直在走。他的目光投向楼内，边走边望，似是与我的互看成就了这景致。或许他也在盼着遇见丁香花般结着愁怨的姑娘，而我不过是空对一盏由暖到凉的茶，带着必与你相忘于江湖的哀愁眺望。不是早就有这样的诗篇吗，我又焉能置身之外呢？有明月装饰我窗，我便能装饰你的梦，是新月派的诗篇。令路人不禁在雨的哀曲中默默彳亍的，是梦中悠长寂寥的雨巷。可我只是一次次历四月裂帛，赏三月桃花落在五月的湖面，好像触碰到你风细柳斜的心事。此刻，因为风的缘故，你的隽永深刻眷满天空，我的薄衫子却犹带在箱中积压的褶迹。而今春已暮，切莫取笑我这板滞和朦胧的瞳睛，因为既然这是幸福，一个浪漫幻想主义者所沉醉的生活。我把痴迷当作所谓的悲喜，故而读到好文便可窃喜，缺乏诗文刺激便己悲。

倘若这些文字不被你理解，权当是我的自言自语，只因百无聊赖，万籁俱寂。阅读是我永不清醒的梦，渺小的我在浩瀚书海之中放任渴求知识安静的自己。如陶潜沉醉于桃源，我沉醉在挚爱的文字里。我常常看书时想象书中的场景，试图假想作者用何种姿态怎番心情在如何的情境下创作。我将卞之琳的《断章》、戴望舒的《雨巷》、简媜的《相忘于江湖》、陆蠡的《春野》、洛夫的《因为风的缘故》糅杂在一起，偏爱自己用臆想串联起几篇诗文几段故事几种情愫。我虔诚地感谢文字拯救我内向孤僻的倔劲，塑造热爱生命的我。我渴盼阅尽万卷之后遇见另一个不一样的自己，幻想我们以杜拉斯的《情人》的开篇场景相逢。

几米说"我总是在最深的绝望里，遇见最美丽的惊喜"。人们总会经历低谷，而有的人却像从漆黑的井底中来那么迫切地渴望每一束微薄的光。他们希望不断向上爬、不断靠近光亮，却又担心自己无能为力。我正如一只孤独的井底之蛙，在文字中看到光亮，却又弱不禁风雨，形单影只。唯有继续阅读、不断储蓄，才能愈发强壮，逐渐抛弃胆怯，正循环地自我激励，方能蓄满天光云影的池塘，照亮自己。

梦不断的梦，像风不止雨未息，我辗转起身拾级而上，信然落座。雨水经过之时，我听见鸟语喧嚣，闻到馨然芳沁。一个人的看台顶收尽了旖旎缠绵的风景，你握住了我的双手，我将交付予你我的一切阅读智源。仿佛看见那个孤独的井底蛙儿正欢欣雀跃，等待着雨水上涨，接近天空。

天亮了，太阳洗过后便更添几分浓郁，而池塘的丰泽好似要招揽鱼儿的来临。